Es war einmal ein Tal, umringt von Hügeln und mitten darin, wie ein verborgenes Winkelchen in der Welt, lag eine Wiese. Alles war still in jener Juninacht; alles schlief, nur das Nachtlicht war hellwach: eine Blume, der gelehrte Männer den Namen *oenothera biennis* gegeben haben. Andere wiederum nennen das Nachtlicht Freudenblume, weil von ihm die Tropfen der Freude auf den schwarzen Mantel der Nacht fallen. Doch in dieser Nacht sehnte sich das schlaflose Nachtlicht noch weniger als sonst nach dem Schlummer. Denn sobald die Dunkelheit der Nacht dem Licht des Tages wich und die Tautropfen zu funkelnden Brillanten wurden, sollte seine Hochzeit sein.

Dieses Märchen schrieb Eliza Orzeszkowa (1841-1910), eine der bedeutenden Erzählerinnen Polens, um die Jahrhundertwende. Es ist der Natur gewidmet – den schönsten, feinsten, edelsten Blumen, und auch den anderen, die zur Hochzeit kommen: dem pöbelhaften Siegwurz, dem schmutzigen Ziegenkraut, der Minze und dem Thymian.

Die Bilder von Rebecca Berlinger sind eine Reverenz an die Leichtigkeit und Zartheit des Märchens.

insel taschenbuch 2397

Eliza Orzeszkowa

Die Blumenhochzeit

Eliza Orzeszkowa
Die Blumenhochzeit

Ein Märchen

Mit Zeichnungen von
Rebecca Berlinger

Herausgegeben von
Karl Dedecius

Insel Verlag

insel taschenbuch 2397
Erste Auflage 2000
Insel Verlag Frankfurt am Main und Leipzig

Hinweise zu dieser Ausgabe am Schluß des Bandes
Vertrieb durch den Suhrkamp Taschenbuch Verlag
Umschlag nach Entwürfen von Willy Fleckhaus
Druck: Druckerei Konkordia, Bühl
Printed in Germany

1 2 3 4 5 6 – 05 04 03 02 01 00

Die Blumenhochzeit

Es war einmal ein Tal, umringt von Hügeln, welche mit leichten, dünn gepflanzten Föhren bestanden waren, und das Tal hatte nur eine Öffnung nach außen, auf die weite Welt, gleichsam ein Tor, durch welches man auf die Felder, Pfade und den durch die Ferne getrübten Himmel hinausblicken konnte. Ringsum gekrümmte Wände voller Zacken und Klüfte, überzogen mit einer Bürste von nadelförmigen Stämmen auf blättrigem, gemustertem Grunde. Auf der Talsohle befand sich eine kleine runde Wiese mit einigen Bäumen und Sträuchern, einer Menge Gräsern und Blumen. Im ganzen ein verborgenes Winkelchen der Welt, still, bescheiden, eng... Kaum zu glauben, daß da etwas Merkwürdiges vor sich gehen könnte, und doch war es so.

In einer Juninacht geschah es, in einer heiteren, stillen, dunklen Nacht. Still war die Nacht, denn alle Winde und Windchen schliefen einen tiefen Schlaf; dunkel, denn der Juni ist nicht der August, der den nächtlichen Himmel mit einer ungeheuren Menge ungeheuer funkelnder Sterne schmückt. Auch jetzt leuchteten Sterne, aber dünn gesät und blaß niederschimmernd aus dem fast schwarzen Himmelsgewölbe.

Und bei diesem schwachen Sternenlicht glitzerte etwas wie blasses Gold auf der Wiese. Das waren die weitgeöffneten Augen des Nachtlichts.

Das Nachtlicht ist freilich nur eine Blume, aber nicht die erstbeste; sogar die gelehrten Männer kennen sie und haben ihr den schönklingenden Namen *oenothera biennis* gegeben. Alles ringsum schläft, alle Pflanzen haben die Augen zugemacht, die Kronen zusammengefaltet, sogar die Kräuter und die winzigen Gräser schlafen schon, an die Erde ge-

schmiegt, das Nachtlicht allein wacht, wie immer. Von der Spitze seines Stengels, der so hoch ist, daß er alle an Wuchs überragt, blikken seine Augen, meist die ganzen Sommernächte hindurch, unermüdlich, weit geöffnet, zahlreich und groß. Daher haben ihm einige aus der Menge den Namen Nachtlicht gegeben, andere nennen es Freudenblume, weil von ihm die goldenen Tropfen der Freude auf den schwarzen Mantel der Nacht fallen. Doch heute sehnte sich das sonst schlaflose Nachtlicht noch weniger als gewöhnlich nach dem Schlummer. Mit der ganzen Kraft der Nerven, die seine lanzenförmigen Blätter durchlaufen, dankte es der Mutter Natur für die Gabe der Schlaflosigkeit, denn es war eine wonnevolle Nacht, eine Nacht des Entzükkens und der vorhochzeitlichen Träume. Sobald die Dunkelheit der Nacht dem Licht des Tages wich, bei Sonnenaufgang, fast in dem Augenblick, da die Schmetterlinge Flügel bekamen und die Tautropfen zu funkelnden Brillanten wurden, sollte seine Hochzeit sein.

Hochzeit? Mit wem? Welche von den Schönheiten der Wiese hatte der Freier beglückt, den die Natur mit dem höchsten Wuchs und mit einer Menge weit offener, heller, ewig wachender Augen ausgestattet hatte? Oh, es war keine schlechte Wahl, die er getroffen hatte, und er sollte keine unebenbürtige Verbindung eingehen. Vor einigen Tagen noch, als seine von den Kelchen verhüllten Augen kaum durch ein sich lüftendes Blättlein in die Welt hinausblickten, sah er, nur einige Schritte entfernt, die Alcea stehen, eine Tochter des mächtigen und weitverbreiteten Geschlechts der Malven, die ebenso wie er erst die Augen zu öffnen begann. Er sah und fühlte sofort, daß alle Säfte in seinem Stengel, von der Wurzel bis zur Krone, rascher zu kreisen anfingen, und das Albumin in ihm erstarrte, als hätte man ihn in heißes Wasser getaucht. Wenig fehlte, und er wäre vor Rührung dahingewelkt beim Anblick der Geliebten, und es rettete ihn nur der Umstand, daß sich bei diesem Anblick sein Traubenzucker mehrte und ihn mit gesteigerter Süßigkeit erfüllte.

Ihrem Bewunderer an Wuchs nur wenig nachstehend, ebenso geschmeidig und biegsam wie er, blickte die *malva alcea* hinter ihren feinen Blättern, denen die tiefen Einschnitte eine wahrhaft aristokratische Zartheit verliehen, auf das Nachtlicht, mit ihren vielen Augen, die ebenso wie bei ihm noch von den Kelchen verhüllt waren, denen man es aber ansehen konnte, daß sie sich bald rosig färben würden. Aus Neugierde und Entzücken lüftete sie, gleich ihm, an jedem Auge ein Blättchen, und so blickten sie beide im Lichte der Sonne einander an, während ihre Blätter von den Winden gestreichelt wurden, denen in diesem Reiche das Amt der Brautwerber und das der Zeremonienmeister bei allen Hochzeitsfeierlichkeiten zukam.

Die beiden hätten wohl am liebsten sofort, im ersten Augenblick der Bekanntschaft, miteinander Hochzeit gefeiert, aber die Mutter Natur verweigerte die Einwilligung und befahl den Verliebten, ihre Volljährigkeit abzuwarten. Gestern endlich war dieser Moment gekommen, und bevor der Tag zu Ende ging, als die Sonne, sich dem Westen zuneigend, mit ihren schrägen Strahlen die Spindelbäume, Haselsträucher und Farnkräuter einhüllte und die die Erde zudeckenden Föhrennadeln beleuchtete, da fing der Kuckuck an, sich auf eine seltsame, die Aufmerksamkeit herausfordernde Weise bemerkbar zu machen. Freilich ist er auch sonst ein sehr beweglicher und geschwätziger Vogel, gestern aber schien er

auch nicht einen Augenblick Ruhe halten zu wollen; er war überall, stieß mit flatternden Flügeln an allen Zweigen der Bäume und Sträucher an, so daß die in ihren Nestern sitzenden Stieglitze, Zeisige, Finken und Amseln, die sich schon ein wenig zum Schlafengehen zurückgezogen hatten, diesem großen Gesellen neugierig die Köpfchen zuwandten, in der Erwartung, was wohl daraus werden und was für Neuigkeit er ihnen verkünden würde. Denn daß er und kein anderer die Nachrichten überbrachte, wenn etwas Wichtiges in der Gegend vorfiel, war zur Genüge bekannt. Das war seines Amtes, und er übte es mit Vorliebe aus, zumal er alle dazu erforderlichen Eigenschaften der Stimme und des Temperaments besaß.

Auch jetzt, nachdem er, um die allgemeine Aufmerksamkeit zu erregen, sattsam zwischen den Blumen und Sträuchern herumgeflattert war, blieb er an einem hohen Zweig hängen und rief, so laut er konnte: »Ku-ku! Ku-ku!«

Dann fing er an zu lachen, daß es weithin hallte. Von den Zweigen, oben und unten, von allen Seiten wandten sich die Köpfchen der Vögel einander zu und fingen an zu zwitschern:

»Was? Was? Was? Wer? Wer? Wer? Zi!Ziii! Fiu! Fiuu!«

Sie hatten verstanden. Der Kuckuck kündete für den nächsten Morgen einen Hochzeitsschmaus an, wozu man einer Musikkapelle bedurfte, einer zahlreichen, fröhlichen Musikantenschar, die bei der Trauung aufspielen sollte, just in dem Augenblick, da die goldene Stirn der Sonne aus der rosenroten Morgendämmerung auftauchen würde.

»Ein Orchester für morgen!« rief der Kukkuck. »Ein Orchester am Saum des Waldes, am Rand der Wiese, morgen, sobald die Schmetterlinge erwachen und der Tau sich in Brillanten verwandelt.«

Die kleinen Musikanten inmitten der grünen Nadeln und Blätter drehten die Köpfe und schüttelten die Schnäbel zum Zeichen ihrer Bereitwilligkeit.

»Gewiß, gewiß! Warum denn nicht? Sehr gern! Schade nur, daß die Erste Sängerin unter uns nicht da ist. Die Nachtigall ist verstummt. Wäre es etwas zeitiger, so hätte gerade sie das schönste und zärtlichste Hochzeitslied geschmettert. Aber wir werden es auch ohne sie schaffen. Wir machen es schon. Wir werden tun, was wir können.«

Während diese Vereinbarung unter den Vögeln zustande kam, breitete ein Schmetterling, ein schöner, großer Schmetterling, seine dunklen, mit Purpur gesprenkelten Flügel aus, die er, an dem Goldkopf des Jakobskrauts hängend, schon zum Schlaf gefaltet hatte, und wiegte sich sinnend in der Luft. Doch er sann nur eine Weile, denn obwohl sein Köpfchen im Vergleich zu den Flügeln sehr klein war, begriff er bald, was vorging, und im langsamen horizontalen Flug segelte er über die Erde dahin. Kaum hatte er eine kurze Strecke zurückgelegt, da umschwärmte ihn schon eine Vielzahl anderer, kleinerer Schmetterlinge, gelber und blauer, blasser und weißer, die aus den Büschen und Gräsern von allen Seiten herbeigeflogen waren.

Sie umringten ihren Anführer und kreisten eine Weile in der Luft, während sie mit den Flügeln einander anstießen und mit den Fühlern geheimnisvolle Bewegungen ausführten. Doch das alles dauerte nicht lange.

Die Schmetterlinge erfuhren bald, was geschehen sollte. Und kaum daß sie es wußten, wußten sie auch schon, was ihnen zu tun bevorstand; sie stoben, als blase sie ein Wind auseinander, nach allen Seiten und verschwanden in verschiedenen Ecken und Winkeln. Der Anführer aber, jener großer Schmetterling mit den Purpurtropfen auf den Flügeln, eilte zum Goldköpfchen des Jakobskrauts zurück, hob die Flügel senkrecht, und es dauerte eine Weile, ehe er sie

zum Schlaf zusammenfaltete. Er dachte an seine Aufgabe; denn das, was ihn erwartete, war der wichtigste Akt bei der Hochzeit eines Blumenpaares überhaupt.

Wenn nämlich der geeignete Augenblick gekommen war, würde der Schmetterling seine Flügel ganz ausbreiten, über die Wiese segeln, an der Wimper des Bräutigams verweilen, ihm einen Kuß rauben, um ihn dann der Braut auf das Auge zu legen. Und damit wäre der eigentliche Vermählungsakt des Lie-

bespaares vollzogen; diesen Akt zu vollziehen steht allein diesem Schmetterling zu, das ist im Reiche der Blumen sein ausschließliches Vorrecht, ebenso wie es das Amt des Kuckucks ist, die Nachrichten von dem, was in der Welt vorgeht, zu verbreiten.

Doch damit nicht genug. Dem großen Schmetterling hinterher, wie unter der Führung eines Feldherrn, würde ein ganzes Heer kleiner Schmetterlinge ausschwärmen, gelbe, blaue, blasse, weiße Schmetterlinge würden über die Wiese hinfliegen und Küsse von den Augen der einen Hochzeitsgäste auf die der anderen hinübertragen, Küsse, die jedoch ganz anders waren als der Kuß, den der große Schmetterling der Braut von ihrem Bräutigam brachte. Denn während dieser voller Bedeutung war und den Bund fürs Leben besiegelte, waren jene nur ein leichtes und flatterhaftes Spiel, ein Flirt, voller Süße des Augenblicks, doch in Grunde ohne Dauer. Während der große Schmetterling die Liebenden miteinander vereinte, teilten die kleineren unter den Gästen sozusagen Freundschaftsküsse aus: allerlei Näschereien und Erquickungen. Daher kam es, daß die Schmetterlinge, vom kommenden Morgen träumend, auch nach Sonnenuntergang noch nicht schliefen, sondern mit erhobenen Flügeln an den Blättern der Spindelbäume und der Haselnußstauden hingen, an den schlanken Stengeln der Blumen, an den Knorren der dürren Äste, die auf dem grauen und grünen Moos gebettet lagen. Mittlerweile machten sich die Abendwinde zu schaffen. Als Zeremonienmeister der bevorstehenden Feierlichkeit glitten sie über die Wiese, ganz nah über der Erde, dahin, hüpften, tanzten, luden die Gäste zur Hochzeit, rüsteten den Hochzeitszug.

Mit den Einladungen gab es so manche Schererei. Da waren eine Menge Freunde, Verwandte und Bekannte, doch waren nicht alle gleich bedeutend oder achtbar. Es galt zu entscheiden, wer zum Hochzeitszug und wer zum Schmaus geladen werden sollte. Daß nur ja keiner übersehen, keiner gekränkt, aber

auch keiner überflüssigerweise eingeladen wurde, denn auf der Wiese gab es gemeines Volk in Hülle und Fülle, und es hätte leicht geschehen können, daß sich jemand vom gemeinen Volk, jemand, der nicht wohlgeboren, nicht wohlerzogen genug war, beispielsweise die ungeschlachte Klette, das schmutzige Ziegenkraut oder die grobe Distel, in diese erlesene Gesellschaft einschliche.

Um diese Aufgabe zur Zufriedenheit aller zu meistern, bedurfte es der Umsicht, Schlauheit und Diplomatie. Doch die Winde, die Zeremonienmeister der Wiese, waren wie geschaffen dafür. Für sie gab es keine angenehmere Beschäftigung, als in der Welt umherzuschweifen, zu flüstern, zu tuscheln, zu bereden, zu trennen, zu verbinden. Auch diesmal wußten sie sich trefflich zu helfen. Kaum war eine halbe Stunde vergangen, die Sonne noch nicht ganz verschwunden, und schon war alles aufs beste geordnet und in die richtigen Bahnen geleitet.

Da waren zunächst die Ehrenjungfrauen und Ehrenkavaliere des Brautpaares. Der Braut wurden die beiden schönsten Töchter der Wiese zugeteilt, nämlich *galium mollugo*, dem vornehmen Geschlecht der Rosen verwandt, in das schönste weiße Spitzengewand der Welt gekleidet, und *epilobium grandiflorum*, mit ihrer geschmeidigen Figur, ganz von Sternen übersät, wie fein ziselierte Amethyste anzusehen. Dem Bräutigam standen stattliche Gesellen zur Seite, einer mit einem Busch amarantroter Kelche, den der Pöbel freilich nur Siegwurz nennt, den aber die Gelehrten *gladiolus* heißen, und *geranium*, einer der Reichsten auf der Wiese; ihn nämlich überhäufte Mutter Natur, sobald nur seine Zeit gekommen war, mit einer solchen Menge lilienweißer Spitzen, daß er mit ihnen alle jene seiner Anverwandten beschämen konnte, die in übertriebener Weise Holunder genannt werden.

Außer diesen zwei Paaren war nach gründlicher Beratung noch ein weiteres zum Ehrendienst um die Neuvermählten zu laden. Das war zwar überflüssig, geschah aber aus höherer Rücksicht. Zum dritten Ehrenkavalier wurde also das Sonnenröschen bestellt; weder ein Freund noch ein Verwandter, überdies klein von Wuchs, etwas krumm; und es hatte nur ein Auge.

Das Auge war freilich hübsch, gelb wie Safran, allerdings nur eines. Doch was sollte man tun, das Sonnenröschen war trotz seiner Gebrechen nun einmal Liebling der Sonne; was schon daraus hervorgeht, daß ihm die Gelehrten, die es doch am besten wissen mußten, den Namen *helianthemum* gaben, was von *helios* kommt, ein Wort, das in irgendeiner der menschlichen Sprachen Sonne bedeutet. Warum diese Gunst einem so unansehnlichen und mittelmäßigen Geschöpf zuteil geworden war? Wer mochte es wissen. Wahrscheinlich auf Grund der Schmeicheleien. Denn das Sonnenröschen besitzt die seltene

Fähigkeit, schön und untertänig zu tun. Gewöhnlich, sobald das herrliche Tagesgestirn aufgeht, kaum daß das Sonnenröschen den Schlaf von sich abgeschüttelt hat, wendet es ihm sein einziges, safrangelbes Auge zu, sperrt es weit auf, daß es ganz rund und flach wird, richtet es unverwandt dem Antlitz der Sonne entgegen und starrt es den lieben langen Tag an.

Wohin immer die Sonne sich wendet, folgt ihr das Röschen unermüdlich: gegen Mittag, wenn die Sonne am höchsten steht, blickt es hinauf, gegen Abend neigt es sich von der Höhe seines Stengels nach Westen. Ein wahres Wunder, daß es sich bei diesen höfischen Verrenkungen noch nicht das Genick gebrochen hat. Aber nein! Es reckt hochmütig den Nacken und faßt sich in wenig sympathischer Überheblichkeit mit den dünnen Zweiglein in die Seiten. Weil es sich in der Gunst der mächtigsten Herrin weiß ... Es mußte also eingeladen und noch dazu mit einem Ehrenamt betraut werden, denn sonst könnte es Zwietracht stiften und irgendein Unglück, eine Dürre zum Beispiel oder einen Hagel, aus jenen Höhen herabbeschwören, denen es fortwährend sein Auge zuwendet.

Und da dieser hochmütige Schmeichler nun einmal geladen wurde, durfte man ihm zur Partnerin nicht etwa das erstbeste Blümlein geben, damit er sich nicht aus verletztem Stolz bei seiner Beschützerin beklage. Seine Begleiterin sollte *calla palustris* sein, die abseits inmitten einer Menge gemeiner Gräser ihren schneeweißen Kelch emporstreckte. Nur wenige Familien wurden geladen, doch es waren die weitverbreitetsten und angesehensten, nämlich alle vom Klee, ferner die Schwertlilien, die Vergißmeinnicht, die Ehrenpreise mit allen Ästen ihres weitverzweigten Stammbaums.

Das kostete freilich wieder ein wenig Mühe, denn die Ehrenpreise, besonders einige von ihnen, die von der Wiese, führten seit langem einen wütenden Streit mit den Vergißmeinnicht ob der Schönheit ihrer Augen, die bei den Ehrenpreisen von der Wiese bedeutend größer, dagegen bei den Vergißmeinnicht von tieferem und reinerem Blau waren und weit lebhafter an den Himmel gemahnten. Als nun die Wiesenehrenpreise von der Auszeichnung erfuhren, die den Vergißmeinnicht zuteil werden sollte, nahmen sie die Einladung mürrisch auf, schützten Unpäßlichkeit infolge der diesjährigen außergewöhnlichen Kälte vor und verweigerten ihre Teilnahme an der Hochzeitsfeierlichkeit. Doch die schalkhaften Winde begannen so begeistert das wundervolle Blau ihrer Augen zu loben und diese so hoch über die ihrer Nebenbuhlerinnen zu erheben, daß die schlimmen Neiderinnen nachgaben und schließlich versprachen, nicht nur zur Hochzeit zu kommen, sondern auch den Hochzeitsteppich mit schönen blauäugigen Arabesken zu schmücken.

Ein Hochzeitsteppich, ein besonders prächtiger, mußte nämlich her. In einem ganz bestimmten Augenblick sollte ihn der Gundermann ausbreiten, und die Winde sollte

über das schwellende Grün seiner sich an die Erde schmiegenden Ranken unzählige ihrer weißen Knospen verstreuen, und die Schote und verschiedene Milchblumen würden darüber farbenfrohe Streifen entfalten.

Diesen Teppich sollten andere, auch von den Winden bestellte Gäste mit mannigfachen schönen Ornamenten zieren. Das Zittergras sollte die Vielzahl seiner feingeschnitzten Glöckchen schütteln, die an seiner Spitze hängen, die Pimpinellen und Karotten Hunderte ihrer milchweißen Baldachine entfalten und die Ranunkeln ihre Lämpchen anzünden, die nicht etwa mit Öl oder gar mit Petroleum, sondern mit reinem Gold gefüllt sind.

Doch damit waren die Vorbereitungen und all die Herrlichkeiten beileibe nicht zu Ende. Im Gefolge des Brautpaares sollte sich eine besondere Gruppe befinden, deren Aufgabe es war, über die ganze Wiese, die sich in einen prächtigen Tempel verwandelte, eine Fülle von wonniglichen Düften zu verbreiten, die so frisch waren wie die Unschuld der Wiesen und der Felder und so sanft berauschten wie echter, durch kein Gift verfälschter Wein. Darin waren am geschicktesten das schlichte und bescheidene Riechgras und die beiden

Schwestern Minze, *silvestris* und *arvensis*, aber auch der Thymian, welcher jedoch, da er nicht auf der Wiese, sondern am Abhang des Hügels stand – einem Polster ähnlich, welches über und über mit Amethysten bestreut ist –, verdrießliche Miene machte und sich weigerte, mit von der Partie zu sein. »Ich will nicht«, sprach er. »Ich habe meine Düfte nicht für die Blumen der Wiesen. Was gehen mich eure Hochzeiten an? Ich bin von Feld und Wald. Wenn die Kornblume den Rittersporn heiraten würde, dann . . .«

Die Winde stutzten. Was war da zu machen? Sollte man des kräftigsten und angenehmsten Parfums entraten? Nein. Es mußte ein Mittel gefunden werden wider die Laune des Thymians. Sie waren nicht so leicht aus der Fassung zu bringen. Nach einer Weile sagten sie zum Thymian:

»Möchtest du dir nicht einmal ansehen, wie dort Raketen aus Flaum in die Lüfte fliegen?«

»Flaumraketen! Was ist das? Das muß wohl

etwas ganz Besonderes sein. Möchtet ihr mir das nicht näher erklären?«

Er bekam die gewünschte Erklärung.

»Ist dir der Löwenzahn bekannt?«

»Gewiß, gewiß, ein ganz ordinäres und häßliches Geschöpf.«

»Häßlich, aber nicht in dieser Jahreszeit. Schon seit einigen Tagen hat er seine in der Tat ordinären, schmutziggelben Blätter vom Kopf geschüttelt und dafür wunderschöne, durchsichtige Kugeln erhalten, aus ungewöhnlich feinem Flaum. Mutter Natur besitzt eine Menge schöner und glänzender Kleinodien in ihrem Schatz, aber sicher keines, welches feiner gearbeitet wäre. Wenn nun du, Thymian, dich bereit erklärst, im vereinbarten Augenblick deine Rauchfässer zu schwingen, richten wir es so ein, daß gleichzeitig die Kugeln des Löwenzahns aufbrechen, ihren Flaum in Milliarden von Kristallen durch die Luft schießen und den Hochzeitsteppich bedecken.«

Der launenhafte Thymian überlegte sich die Sache ein wenig, dann rief er:

»Also gut. Da ihr uns für unsere Wohlgerüche ein solches Schauspiel bietet – sei's drum. Wir wollen mit ganzer Kraft unsere Rauchfässer schwingen. Aber merkt euch wohl, umsonst gibt's nichts. Die Raketen müssen schön sein und zahlreich.«

»Tausende!« Die Winde sausten zufrieden davon.

Endlich war alles geordnet, eingerichtet, vorbereitet, wie es schien, aufs beste und schönste, als auf einmal, ganz unvermutet, nachdem die Sonne am Himmelsrande verschwunden war, beim Licht des Abendrots, das wie eine grelle Lohe durch das dünne Gehölz hindurchblitzte, ein lauter Streit entbrannte, ja, es kam fast zu einem Skandal. Die Ranunkeln erklärten entschieden, daß sie gar nicht daran dächten, ihre Lämpchen anzuzünden. Sie hatten zwar im ersten Augenblick eingewilligt, am Ende hatten sie sich die

Sache jedoch überlegt und waren zu dem Schluß gekommen, daß es sich für sie, die Sprossen des berühmten und weitverbreiteten Stammes *ranunculus*, nicht gezieme, im Gefolge des Brautpaares zu dienen, statt sich unter den Gästen zu befinden. Sie waren wohl gerne bereit zu erscheinen, doch nur als Gäste, ihre Lämpchen wollten sie hermetisch geschlossen halten, sie nicht öffnen, und mochte es auch die Sonne selber befehlen.

Das war eine schlimme Sache. Nun galt es, neue Hindernisse zu überwinden. Überdies waren die Widerspenstigen gewöhnliche, ganz gewöhnliche Ranunkeln, und sie hatten sogar in der Familie ein schwarzes Schaf, das ihnen allen Kummer und Schande bereitete, nämlich die giftige Ranunkel, die auch Spitzbübin, auf lateinisch *ranunculus sceleratus*, genannt wurde. Das war eine der bösartigsten und häßlichsten Schadenstifterinnen im Reich der Blumen. Eine Giftmischerin. Und nun stand diese liebe Verwandte abseits, über und über gelb vor Neid, bedeckt von den rostschwarzen Absichten, die sie hegte, schielte nach rechts und nach links und streckte ihre hornigen Stengel wie krumme Finger nach den Disteln aus, die ebenfalls ein recht ordinäres Gesindel, aber bedeutend ehrlicher waren. Sicherlich wollte dieses Scheusal sie zu irgendeiner unlauteren Komplizenschaft überreden, während ihr die mit Rost vermengte Galle durch alle Augen quoll.

Diese Anmaßung (wenn man schon zum gewöhnlichen Volk gehörte und noch dazu einen Schädling in der Familie hatte), sich unter die vornehmsten Gäste mischen zu wollen!

Doch es half nichts. Die goldenen Lämpchen der Ranunkeln waren unentbehrlich. Man mußte also wieder zu diplomatischen Mitteln greifen.

Die Winde seufzten. »Schade«, sagten sie. »Es ist uns zu Ohren gekommen, daß sich die weißen Schmetterlinge bereits einen Plan zurechtgelegt haben, zwischen euch und den Ehrenpreisen mit den saphirblauen Augen Bekanntschaft zu stiften … Sie dachten nämlich daran, sich mit euch zu verloben. Wenn eines an den Ehrenpreisen just keinen Gefallen fände, könnte es ja unter den entzükkenden Vergißmeinnicht wählen …«

Die Ranunkeln hoben die Köpfe und flüsterten: »Die Ehrenpreise sind hübsch, die Vergißmeinnicht entzückend. Verlobungen … Na, ob man sich nun gleich verlobt oder nicht, ein kleiner Flirt wäre nicht zu verachten.«

»Ach ja, der Flirt ist schon eine angenehme Sache«, unterbrachen die Winde. »Aber deswegen werdet ihr sicherlich nicht kommen wollen. Aber umsonst gibt's eben keine Süßigkeiten. Und wenn ihr eure Lämpchen nicht anzündet, wird ohnedies nichts daraus.«

»Ach nein, ach nein«, riefen die Ranunkeln, »bitte, bitte, tut das nicht, nehmt uns nicht das angenehmste Vergnügen. Wir sind bereit, alle unsere Lämpchen anzuzünden und sie mit reinstem Gold zu füllen, seid so lieb.«

»Seht ihr's wohl ein!« riefen die Winde stolz. »Man soll sich niemals vor Eitelkeit aufplustern, denn während man der Hoffart huldigt, entwischt einem das Glück. Wir verzeihen euch die kindische Widerspenstigkeit, zählen mit Sicherheit auf eure Lämpchen und wollen das den Schmetterlingen mitteilen.«

Nachdem sie auf diese Weise den letzten Streit an jenem Abend geschlichtet hatten, begaben sich die Winde zur Ruhe, ohne im geringsten auf den *ranunculus sceleratus* zu achten, der immer noch mit den Disteln sein boshaftes Geflüster führte, oder auf das mannigfache sarkastische Gelächter aus der Mitte des niederen Volkes, das von der morgigen Feierlichkeit ferngehalten werden sollte und aus Familien bestand wie denen der untersetzten Kapuzinerpilze, der ungehobelten Bärendisteln, des steifen Beifußes, des Vogelknöterichs, der gar überall zu finden ist, der Wolfsmilch, des Sauerampfers, des Tollkrauts, der Melde und ähnlichem Pöbel. Heute murrte er wohl, stellte sich über das Geringste beleidigt, morgen aber, beim Anblick der Feierlichkeit, würde er die Augen aufreißen und mit plumpen Händen Beifall klatschen. Der Plebs beneidet wohl die Patrizier, beim ersten Zusammentreffen aber zerfließt er wie Honig in warmer Milch.

Zufrieden mit ihrem Werk, doch erschöpft, betteten sich die Winde dicht auf die Erde aufs weiche Gras, schliefen sofort fest ein und wurden so still, daß man meinen konnte, sie seien gar nicht vorhanden auf der Welt. Doch außer ihnen genoß keiner einen ruhigen Schlaf in dieser Nacht.

Die Vögel machten nur ein Auge zu und öffneten das andere von Augenblick zu Augenblick, um zu sehen, ob es schon tage; unter den Schmetterlingen ließ sich immer aufs neue ein Flügelgeräusch vernehmen, und die Blumen erst ... ach, sie schüttelten von Zeit zu Zeit ihre schläfrigen Köpfchen, bewegten die Blätter und seufzten jedesmal im Schutz der Dunkelheit, wie man nur aus einer vor Sehnsucht und Hoffnung überquellenden Brust zu seufzen vermag. Wie viele Hoffnungen weckte der nahende Tag!

Komm, ach komm doch nur geschwind, oh, schöner Morgen, geliebter Morgen, mit deinen Gesängen, deinen strahlenden Lichtern, deinem prächtigen Schmuck, deinem beseligenden Wetteifer, deinen süßen Küssen … Tag der Freude, der Liebe und der Glückseligkeit, oh, komm bald zu uns!

Er kam.

Sein Nahen verkündeten zunächst bleiche Traumgebilde, die gespensterhaft durch die Dunkelheit irrten und verschwammen. Es war Licht und doch kein Licht, etwas Vermittelndes zwischen Schwarz und Weiß, graue, lange Fransen, die wirr vom Himmel herabhingen, huschten umher zwischen den Bäumen, deren Umrisse sich jetzt schwach abzuheben begannen, während die verhüllten Sterne am Himmel immer bleicher wurden und verschwanden.

Das waren die ersten leisen, matten Herolde der Sonne, die immer größer wurde, sie war von bläulichem Weiß durchleuchtet, das die Sterne einfing und langsam aufsog, während die blasse, durchsichtige Morgendämmerung die Erde mit ihrem gleichmäßigen Licht überflutete. Alles, was auf der Erde wuchs und lebte, verharrte wie gebannt in diesem Lichtschein, nur droben in den Höhen huschten stille Schatten und neblige Gebilde dahin, immer höher und höher schwebend, bis sie allmählich gleich einem sich zusammenfaltenden Mantel verschwanden, und über den die kleine Wiese umringenden Anhöhen erglänzte endlich die Himmelswölbung, noch blaß, doch klar und rein, ohne einen funkelnden Stern, von keinem Nebelstäubchen mehr getrübt.

Die ersten, die erwachten, waren die Winde. Als Zeremonienmeister oblag ihnen, die Ordnung zu überwachen. Doch, noch müde und träge, erhoben sie sich nicht sogleich, sondern wälzten sich einige Male gähnend auf ihrem Lager. Aber das genügte, um die Braut zu wecken, die erbebte, ihre Blätter schüttelte, ihr im Schlaf gesenktes Köpfchen hob und sofort die Rosenaugen auftat. So pflegen diejenigen aus dem Schlaf zu erwachen, denen der junge Tag großen Schmerz oder große Freude verspricht.

Die *malva alcea* wurde sofort beim Erwachen von einem Freudenstrahl durchzuckt, denn ihr gegenüber stand, prangend in seiner Schönheit, schlank und rank, der Erwählte ihres Herzens und hatte alle seine klaren Augen auf sie gerichtet. Er mußte nicht erst erwachen, denn er hatte nicht geschlafen. Aber kaum war seine Geliebte erwacht, schon streckten sich seine lanzettenförmigen Blätter zu ihr aus, und während er sein Haupt in einer Verbeugung voll ritterlicher Zärtlichkeit neigte, flüsterte er:

»Guten Morgen, mein Liebling!«

Sie aber antwortete nicht, ihre Wimpern bebten nur, und die Blätter, wie die Hände einer bescheidenen Jungfrau, falteten sich zusammen. An ihrer Statt antwortete ihm eine ältliche, etwas heisere Stimme:

»Guten Morgen, lieber Schwiegersohn! Ich will hoffen, daß ich mit dir keine Enttäuschung erleben werde, daß du meine Tochter nicht tyrannisieren und mich nicht zwingen wirst, die Zahl der sogenannten bösen Schwiegermütter um noch eine zu vermehren.«

Die das sprach, war die Mutter der Braut, eine bejahrte, bereits zweijährige Malve mit untersetzter Figur und bläßlichen Augen, die nur spärlich ihre dickgewordenen Glieder zierten.

»Guten Morgen, liebe Freundin!« begrüßten mit jungen, frischen Stimmen die Brautjungfern *epilobium grandiflorum* und *galium* die Braut. »Wie hast du diese Nacht geschlafen? Anscheinend nicht besonders gut, denn deine Augen sind blaß, und die Hautfarbe ist nicht frisch.«

Das war gelogen. Die Braut sah frisch und bezaubernd aus; aus Neid wollten sie sie kränken und einschüchtern, während sie so taten, als freuten sie sich über ihr Glück.

Die Ehrenkavaliere des Bräutigams waren aufrichtiger und herzlicher. Das Glück des Freundes neideten sie ihm nicht, vielleicht weil es in ihrer Macht lag, sich davon zu verschaffen, soviel sie wollten. Der *gladiolus* legte seine Amarantglöckchen an den Kopf des Bräutigams und flüsterte von süßen, fröhlichen Hoffnungen, und *geranium* schüttelte munter seine unzähligen, lilienweißen Spitzen vor Freude über das Glück seines Freundes, während er sehnsüchtig zum *galium* hinüberlächelte, das inzwischen sein schönes Kleidchen weit ausgebreitet hatte, so daß die Schleppe eine Menge Gräser bedeckte und den Klee, die Vergißmeinnicht und die Ehrenpreise berührte, die davon erwachten und flüsterten:

»Ist es schon Tag? Ist bald Hochzeit? Ist die Sonne schon auf?«

Als Antwort gab's den brausenden Ruf der Winde: »Das Morgenrot! Das Morgenrot! Das Morgenrot!«

Diese Siebenschläfer hatten sich endlich aufgerafft, schwangen sich empor, sausten hin und her und raunten:

»Steht auf! Zieht eure Festgewänder an! Haltet euch bereit! Geschwind! Geschwind! Nicht gezögert! Das Morgenrot kommt, das Morgenrot, das Morgenrot kommt!«

Dies flüsternd, flogen sie hurtig und frisch wie der Sommermorgen zum Wald, und sofort ließ sich das Knistern geschüttelter Zweige vernehmen, das Flattern sich regender Schwingen und ein kurzes, noch schläfriges Zwitschern einer Menge von Stimmchen:

»Was? Was? Was? Ist der Mo-o-orgen schon da? Oho-ho! Wie hell es ist in der Welt! Hell! So hell! Fiu, fiu, fiuu! Wir haben verschla-a-fen. Laßt uns aufstehn, aufstehn!«

Dort, wo die Hügel auseinandertraten, war der ferne, ferne Himmel zu sehen, und an dem Himmel, der blaß und weiß war, erschien zuerst ein schmaler blaßroter Streifen, der immer breiter wurde und sich tiefer färbte, bis er aussah, wie aus lauter Rosenblättern gemacht.

Nun entstand im Tal zwischen den mit

dünnem Föhrengehölz bestandenen Hügeln Bewegung und lebhaftes Treiben. An allen Bäumen und Büschen erglänzten unzählige Vogelpaare, gefiederte Köpfchen wandten sich nach allen Seiten um, und viele bewegliche Schnäbel ließen kurze, in allen Tonarten sich wiederholende Laute vernehmen, die klangen, als würden viele Instrumente auf einmal gestimmt. Die Kapelle der Waldsänger probierte das herrliche Hochzeitslied, das bald, bald erklingen sollte.

Vom höchsten Punkt des höchsten Baumes im Wald ließ der Kuckuck ein lautes Triumphgeschrei ertönen:

»Sie kommt, sie kommt! Sie ist schon nah, schon nah!«

In großer Freude stimmte er ein tolles Lachen an:

»Ko-ko-ko-ko-ko! Ku-ku!«

Und sofort wußten alle, wer es war, der kam und immer näher rückte. Es war die Königin, die Herrscherin, die Lichtspenderin, die Ernährerin und Wohltäterin alles dessen, was da lebte, die Sonne.

Erst jetzt erwachte der dritte Ehrenkavalier, das Sonnenröschen, schüttelte sich, gähnte, machte sein großes, gelbes Auge auf und wandte es gen Osten, während er mit der Unruhe des echten Höflings flüsterte:

»Die Sonne! Schon? Wo ist sie denn? Ich sehe sie nicht. Aber die schöne Aurora, die sehe ich wohl. Sei mir gegrüßt, du schöne Aurora, du erste unter den Ehrendamen unserer Königin, und sage mir, ob sie gesund und heiter ihr Lager verlassen hat. Und du selber, Aurora, wie schön und blühend du aussiehst! Wenn ich dich ansehe ...«

Und so weiter und so weiter. Der unermüdliche Schmeichler erschöpfte sich in Bücklingen und Komplimenten und merkte nicht, daß seine schöne Dame, die *calla*, hinter einem Busch von Grashalmen schon ihren weißen Kelch ausstreckte, indessen die Ehrenpreise, ihrem Versprechen getreu, rasch eine saphirblaue Arabeske über den Hochzeitsteppich warfen, den der Gundermann zu Füßen des Brautpaares ausbreitete, während die Winde ihre Rosenkelche und die Schote ihre bunten Streifen darüberstreuten. Auch das gemeine Volk war inzwischen erwacht, riß weit die Augen auf und fing an, einander drängend und stoßend, die Vorbereitungen zu der Festlichkeit anzustaunen. Doch die beiden Helden des Tages, denen allein zuliebe all der frohe Lärm stattfand, schienen nichts von dem, was vorging, zu merken, sie vergaßen sogar die Herrlichkeit ihrer Abstammung und ihren hohen Rang in der Welt.

Hätte man dem Nachtlicht gesagt, es werde eine Distel werden, es hätte wohl zur Antwort gegeben: »Gut, wenn mir nur das Herz der Malve bleibt«; und die Malve würde keinen Augenblick gezögert haben, sich in einen Kapuzinerpilz zu verwandeln, wenn sie nur sicher gewesen wäre, die Liebe ihres Erkorenen nicht zu verlieren. Seine hellen Goldaugen hingen an ihren Wimpern, deren immer tiefer werdendes Rosarot feucht wurde. Als die Umstehenden das junge Paar sahen, das so zärtlich ineinander verliebt war, spürten sie ebenfalls Tränen in den Augen. Alle Vergißmeinnicht und Ehrenpreise, alle Kelche des *gladiolus*, alle Spitzen des *geranium,* alle Sternchen des *epilobium* bedeckten sich reichlich mit zitternden Tropfen, zitternde Tropfen zeigte der schneeweiße Becher der *calla*, und das Spitzenkleid des *galium* wurde

feucht davon. Sogar das niedere Volk fing an zu weinen. Der Sauerampfer, auch sonst zum Weinen geneigt, floß von Tränen über, die Wolfsmilch ließ vor lauter Rührung das nasse Haupt auf die Brust eines untersetzten Pilzes sinken. Sogar der *ranunculus sceleratus* weinte zusammen mit den Disteln, seinen Kumpanen, doch diese weinten vor Wut. Nur das Sonnenröschen dachte nicht daran, zu weinen. Klein und krumm, wie es war, stemmte es sich keck in die Seiten, heftete sein einziges gelbes Auge auf das Morgenrot und erwartete die Sonne.

Es mußte nicht lange warten. Das Morgenrot breitete seine Rosenfinger weit über den Himmel aus, und in diesem Augenblick schrie der Kuckuck auf dem Wipfel des Baumes: »Ku . . .!« und brach ab. Vor Freude und festlicher Erregung stockte ihm die Stimme in der Kehle. Dann geschah etwas, was keine Sprache zu schildern und keine Feder zu beschreiben vermag. Es war ein ungeheueres Brio von Tönen, Farben, Düften und einem Glanz, in dem alles untertauchte, strahlte, duftete und sang …

Über dem Rand des Morgenrots zeigte die Sonne ihre goldene Stirn und sandte eine Fülle von Strahlen in die Welt hinaus, die sich in den Tränen der Blumen spiegelten und sie in Perlen und Brillanten verwandelten. Da aber die Blumen vor freudiger und zärtlicher Rührung über und über mit Tränen bedeckt waren, gab es ein Leuchten und Funkeln und Schillern, als hätte man die märchenhaften Schätze von Golkonda auf dem Teppich zu Füßen des Brautpaares ausgebreitet. Sofort wölbten die Pimpinellen und Karotten, so hoch sie nur konnten, ihre weißen, auf silberne Stäbchen gespannten Baldachine, die Ranunkeln zündeten ihre zahllosen goldenen Lämpchen an, das Zittergras ließ seine kristallenen Glöckchen erklingen, das Riechgras, die beiden Schwestern Minze, der Thymian am Rande des Waldes fingen an, ihre

Rauchfässer aus ganzer Kraft zu schwingen, und verbreiteten süße, berauschende Düfte.

In diese Düfte hinein, durch die von der Sonne sich mehr und mehr erwärmende Luft, ertönten die Klänge der Kapelle, die vom Waldessaum eine laut schallende, sehr komplizierte und tiefe, zugleich aber lyrische und herzergreifende Musik herübersandte. Das war das Hochzeitslied, dessen Hauptmotiv von dem großen Tonsetzer im Reiche der Vögel, von der Nachtigall selber, stammte und vom Stieglitz und vom Zeisig kunstvoll begleitet wurde, während der Wiedehopf und die Taube in tiefen Baßtönen mit »Huhu! hu-hu!« einfielen, der Fink die Kastagnetten schlug und die Amsel so feine und reine Flageolettöne ausführte, daß so mancher Meister der Violine sie darum beneidet hätte. Diese Musik, die in einer unermeßlichen Fülle von Trillern, Akkorden und Passagen über die Wiese dahinrauschte, mit der bezaubernden Melodie als Grundton, erschütterte die Nerven der Löwenzahne so sehr, daß so manch einer von ihnen den richtigen Augenblick nicht abwartete und die Flaumraketen in die Luft schleuderte. Als der Thymian dies sah, fing er an, sein amethystblaues Rauchfaß noch kräftiger zu schwingen, während die Winde, vor Freude darüber, daß alles so gelungen war, flotte Solotänze in den Lüften aufzuführen begannen. Sie unterbrachen aber das Spiel sofort und hielten wie gebannt inne, trotz ihres Leichtsinns vom Ernst des Augenblicks gefesselt.

Denn siehe, vom Walde her, mitten durch die dünngepflanzten Föhren, kam der große Schmetterling herbeigesegelt, die purpurgesprenkelten Flügel weit ausbreitend und in ernstem Flug sich wiegend. Er flog auf das Brautpaar zu, zum Bräutigam zunächst, der alle seine klaren, großen Augen dem Schmetterling zuwandte und jetzt wie ein Ritter ohne Furcht und Tadel aussah, dem es vor nichts in der Welt bangt, weil er weiß, was er will,

und nur von den edelsten, reinsten Absichten beseelt ist. Die Braut bebte an allen Blättern, und in ihren Rosenaugen leuchteten Tränen, während ihre Mutter, die bejahrte Malve, so laut und erschütternd zu schluchzen begann, daß alle, die Brautjungfern und die Ehrenkavaliere, die Gäste und das gemeine Volk, in Tränen ausbrachen, so daß die ganze Wiese wie von Brillanten funkelte. Die Musik hallte immer lauter und ergreifender, der Löwenzahn hatte bereits all seinen Flaum in die Luft geschossen, die Lämpchen der Ranunkeln blendeten, die Düfte wurden immer süßer und berauschender, und der große Schmetterling schwebte durch die Luft, langsam, schwer, schwebte dahin, gefolgt von einem beweglichen, kreisenden Schwarm kleiner Schmetterlinge, leichter gelber, blauer, weißer Gesellen …

Jetzt geschah etwas Entsetzliches.

Der Kuckuck, der der Feierlichkeit von der Spitze des Baumes zusah und zugleich in die Welt hinausslugte, schrie plötzlich mit entsetzter Stimme: »Ku! …«

Und gleich brach er ab. Vor Angst und Schrecken stockte ihm der Atem. Er bot jedoch seine ganze Kraft auf und begann mit solcher Macht zu rufen, daß er die ganze Kapelle übertönte, mit einem solchen Entsetzen, daß fast alles, was lebte, erschrak. Er schrie ohne Takt und Rhythmus, wie rasend: »Ku-ku-ku-ku-ku-ku! …«

»Was gibt's? Was gibt's?« riefen alle Blumen und Winde auf einmal, die Schmetterlingsschar stand reglos in der Luft, und nur die

Musikanten, die in ihrem Eifer alles überhört hatten, musizierten weiter.

Der Kuckuck schrie von seinem Hochsitz: »Der Tod kommt! Der Tod! Der Tod kommt!« Der Tod? Was für ein Tod? Was bedeutet Tod? Wozu? Für wen? Warum? Zur Hochzeitsfeier kommt der Tod? Kommt jetzt, in diesem Augenblick, da es in der Welt so hell, so schön, so fröhlich, so selig ist? Das kann nicht sein. Das ist eine Falschmeldung. Der Kuckuck lügt! Nieder mit ihm! Er hat die Freude gestört, er hat sein Amt mißbraucht, das schöne Spiel verdorben! Nieder mit ihm!

Nun hallte über die Wiese ein giftiges, höhnisches Lachen, das beinahe satanisch klang und von den mit dem Rost des Neides befleckten Lippen des *ranunculus sceleratus* kam; dieser streckte alle seine krummen Finger zur Öffnung des Tales hin, als wollte er auf etwas weisen, was keiner bemerkte. Er allein sah, was der Kuckuck ankündigte, er wußte, daß er bald sterben mußte, aber er lachte aus höllischer Freude, daß mit ihm zugleich alle anderen sterben würden, die es gut in der Welt hatten und die er deswegen haßte. Während er auf die Öffnung hinwies, rief er mit einer von Gelächter unterbrochenen Stimme:

»Seht! Dorthin! Ha, ha, ha! Da habt ihr eure Hochzeiten, eure Minnedienste. Dauerhaft, sicher, ewig, nicht wahr? Da habt ihr euren Übereifer, eure Ansprüche, Kämpfe und Streitigkeiten; das ist das Ende eurer Freuden, eures Jauchzens und Frohlockens. Aus, und hin ist es! Aus, und alles ist vorbei! Ha, ha, ha!«

Alles, was in wunderbaren Farben auf der Wiese blühte, im Brillantenschmuck funkelte, seine kunstvollen Spitzengewebe entfaltete, alles, was duftete, liebte, sich des Lebens freute, wandte den Blick in die angegebene Richtung und flüsterte mit ersterbenden Lippen:

»Der Tod!«

In der Öffnung des Tals, die sich wie ein Tor zu den Feldern und Pfaden auftat, stand ein Bauer mit weißem Hemd, mit nackten Füßen, und über der zerknüllten Mütze, die seinen Kopf bedeckte, hoch oben in der Luft, blinkte mit scharfem, kaltem Stahl die Sense.

Einige Minuten später war von all den Gesängen der Vogelkapelle kein Ton mehr in der Luft geblieben. Tiefes Schweigen herrschte. Nur der Kuckuck ließ weit, weit oben in den Wipfeln seine wehmütigen Rufe erschallen. Die Winde umarmten das Waldmoos und schluchzten leise. Und im Tal, zwischen den Hügeln, mitten im tiefen Schweigen der Luft und der Erde, klang nur noch die Sense dumpf und düster:

»Zackzack. Zackzack!«

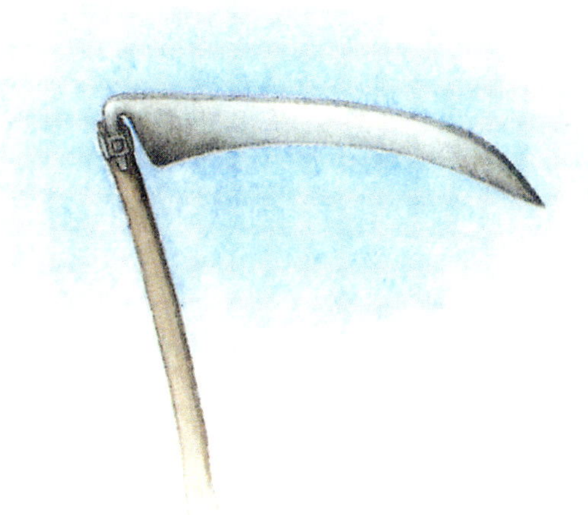

Nachbemerkung

Eliza Orzeszkowa, engagierte Verfechterin des Positivismus in Polen – nach dem Mißerfolg der Ideen der Romantik und ihrer Konsequenzen: der beiden mißlungenen Befreiungsbewegungen 1831 und 1863 –, ist die bedeutendste polnische Schriftstellerin des 19. Jahrhunderts. Ihre Auswirkung auf die Ausbildung der moralischen Kondition ihres Volkes nach 1863 war außerordentlich. Der Titel eines ihrer Bücher – *Gloria victis!* Ruhm den Besiegten! – war in Polen jahrzehntelang Trost- und Überlebenswort. Mehrere ihrer Bücher sind bis heute in den Schulen Pflichtlektüre.

Zweimal war sie Kandidatin ihres Landes für den Nobelpreis (1905, 1909), allerdings als ihre Zeit bereits vorbei war und in der Literatur ihre Gesinnungsgegner, die Modernisten, den Ton angaben.

Orzeszkowa forderte von der Literatur Wirklichkeitsnähe, intellektuelle Verantwortung des Schriftstellers vor der Gesellschaft und Geschichte, aktive Teilnahme am Kampf gegen das soziale Unrecht. Ihre Themen waren: die Dorfarmut, der Dünkel des Landadels, die Notwendigkeit der Volksbildung auf breitester Basis, die Judenfrage und die Emanzipation der Frauen, der Patriotismus und die Kosmopolitik, die Emigration und die Fragen der Religion und der Ethik. Ihre Ideen waren sozialdemokratisch und hatten die Würde des Menschen zum moralischen Grundsatz. Sie haben die nachfolgende Schriftstellergeneration im 20. Jahrhundert – Stefan Żeromski, W. St. Reymont, Maria Dąbrowska – beeindruckt und beeinflußt.

Orzeszkowa lebte, wie sie schrieb. 1841 als Tochter eines vermögenden Grundbesitzers geboren, leistete sie schon früh soziale und Bildungsarbeit auf dem Lande, versah Hilfsdienste während des Aufstands 1863 (ihr

Mann wurde 1865 ins russische Gouvernement Perm verbannt, sie selbst 1882 für fünf Jahre in Grodno interniert).

Zu ihren Hauptwerken gehören u. a. die Romane *Meir Ezofowicz* (1878), *Gespenster* (Widma, 1881), *Am Njemen* (Nad Niemnem, 1888), *Grobian* (Cham 1888), *Bene nati* (1891) und die Erzählungen *Gloria victis* (1910). Sie wurden in 20 Sprachen übersetzt, zwanzig Bücher allein ins Schwedische (von E. S. Wester).

Besonders eindrucksvoll, sachlich wie poetisch, ist Orzeszkowas Prosa ihrer letzten Schaffensperiode um die Jahrhundertwende. Dazu gehört das naturwissenschaftlich fundierte und lyrisch stimmungsvolle Märchen *Die Blumenhochzeit*.

Karl Dedecius

Zu dieser Ausgabe

insel taschenbuch 2397: Der vorliegende Band folgt dem 1988 im Insel Verlag Frankfurt am Main erschienenen Titel: *Eliza Orzeszkowa, Blumenhochzeit.* Ein Märchen. Mit Zeichnungen von Rebecca Berlinger. Herausgegeben von Karl Dedecius. Insel-Bücherei Nr. 1077. Der Text ist folgendem Band der Polnischen Bibliothek entnommen: Der Monarch und der Dichter. Märchen und Legenden, gesammelt von Karl Dedecius. © Suhrkamp Verlag Frankfurt am Main 1983. Die Übersetzung der *Blumenhochzeit* von B. Rogatyn wurde von Karl Dedecius überarbeitet. Umschlagabbildung: Rebecca Berlinger.